My Diary from Here to There

Mi diario de aquí hasta allá

Story / Cuento
Amada Irma Pérez

Illustration / Ilustraciones
Maya Christina Gonzalez

CHILDREN'S BOOK PRESS • EDITORIAL LIBROS PARA NIÑOS
SAN FRANCISCO, CALIFORNIA

Dear Diary, I know I should be asleep already, but I just can't sleep. If I don't write this all down, I'll burst! Tonight after my brothers—Mario, Víctor, Héctor, Raúl, and Sergio—and I all climbed into bed, I overheard Mamá and Papá whispering. They were talking about leaving our little house in Juárez, Mexico, where we've lived our whole lives, and moving to Los Angeles in the United States. But why? How can I sleep knowing we might leave Mexico forever? I'll have to get to the bottom of this tomorrow.

Querido Diario: Sé que ya debería estar durmiendo, pero no puedo dormir. Siento que si no apunto todo esto, voy a explotar. Esta noche, después de que mis hermanos—Mario, Víctor, Héctor, Raúl y Sergio—y yo nos acostamos, escuché a Mamá y a Papá que platicaban en voz baja. Estaban diciendo que tendríamos que dejar nuestra casita en Ciudad Juárez, donde hemos vivido toda nuestra vida, para mudarnos a Los Ángeles en los Estados Unidos. ¿Pero, por qué? ¿Cómo puedo dormir sabiendo que quizás tengamos que dejar México para siempre? Tendré que averiguar todo esto mañana.

3

Today at breakfast, Mamá explained everything. She said, "Papá lost his job. There's no work here, no jobs at all. We know moving will be hard, but we want the best for all of you. Try to understand." I thought the boys would be upset, but instead they got really excited about moving to the States.

"The big stores in El Paso sell all kinds of toys!"

"And they have escalators to ride!"

"And the air smells like popcorn, yum!"

Am I the only one who is scared of leaving our home, our beautiful country, and all the people we might never see again?

Hoy, durante el desayuno, Mamá lo explicó todo. Dijo: —Papá perdió su empleo. Aquí no hay trabajo; no hay empleo de ninguna clase. Sabemos que mudarnos será muy duro, pero queremos darles lo mejor a todos ustedes. Traten de entender—. Yo pensé que los muchachos se entristecerían, pero ocurrió todo lo contrario; se pusieron contentísimos de mudarse al otro lado.

—¡En las grandes tiendas de El Paso venden de todo!

—¡Tienen escaleras eléctricas para subir!

—¡El aire huele a palomitas de maíz! ¡Qué rico!

¿Seré yo la única que tiene miedo de dejar nuestro hogar, nuestra hermosa patria y toda la gente que quizás nunca más volvamos a ver?

My best friend Michi and I walked to the park today. We passed Don Nacho's corner store and the women at the *tortilla* shop, their hands blurring like hummingbird wings as they worked the dough over the griddle.

At the park we braided each other's hair and promised never to forget each other. We each picked out a smooth, heart-shaped stone to remind us always of our friendship, of the little park, of Don Nacho and the *tortilla* shop. I've known Michi since we were little, and I don't think I'll ever find a friend like her in California.

"You're lucky your family will be together over there," Michi said. Her sisters and father work in the U.S. I can't imagine leaving anyone in our family behind.

Hoy mi mejor amiga Michi y yo caminamos al parque. Pasamos por la tienda de don Nacho, en la esquina, y vimos a las mujeres de la tortillería—sus manos volaban como alas de colibrí sobre el comal.

En el parque nos trenzamos el cabello la una a la otra, prometiéndonos que nunca nos olvidaríamos. Cada una de nosotras escogió una piedrita lisa y en forma de corazón que nos recordara siempre de nuestra amistad, del parque, de don Nacho y de la tortillería. Yo conozco a Michi desde que éramos niñitas y pienso que nunca encontraré otra amiga como ella en California.

—Tienes suerte de que toda tu familia estará junta por allá—, me dijo Michi. Las hermanas y el papá de Michi trabajan en los Estados Unidos. No puedo imaginar cómo será dejar atrás a algún miembro de la familia.

8

OK, Diary, here's the plan—in two weeks we leave for my grandparents' house in Mexicali, right across the border from Calexico, California. We'll stay with them while Papá goes to Los Angeles to look for work. We can only take what will fit in the old car Papá borrowed— we're selling everything else. Meanwhile, the boys build cardboard box cities and act like nothing bothers them. Mamá and Papá keep talking about all the opportunities we'll have in California. But what if we're not allowed to speak Spanish? What if I can't learn English? Will I ever see Michi again? What if we never come back?

Bueno, Diario, éste es el plan: en dos semanas nos iremos a la casa de nuestros abuelitos en Mexicali, en la mera frontera con Caléxico, California. Nos quedaremos con ellos mientras Papá se va a Los Ángeles a buscar trabajo. Sólo nos llevaremos lo que quepa en el carro viejo que mi Papá pidió prestado; vamos a vender todo lo demás. Los muchachos construyen ciudades con cajas de cartón y se portan como si nada les molestara. Mamá y Papá siguen hablando de las muchas oportunidades que tendremos en el otro lado. Pero si allá no nos permiten hablar español, ¿entonces qué hacemos? ¿Y si no puedo aprender inglés? ¿Volveré a ver a Michi otra vez? ¿Qué tal si nunca volvemos?

LIBROS

LIBROS

9

Hoy mientras estábamos empacando, Papá me llamó a su lado y me dijo, —Amada, m'ija, yo puedo ver lo preocupada que has estado. Pero no te preocupes. Todo va a salir muy bien.

—¿Pero cómo lo sabes? ¿Qué nos va a pasar? —le dije. Él se sonrió.

—M'ija, yo nací en Arizona, en los Estados Unidos. Cuando tenía seis años, no tan grande como tú, mi papá y mi mamá regresaron con nuestra familia a México. Fue un cambio muy grande, pero lo pudimos sobrellevar. Yo sé que tu también podrás. Eres más fuerte de lo que crees—. Ojalá que sea cierto. Todavía me falta empacar mi piedrita especial y empacarte a ti, querido Diario. ¡Nos vamos mañana!

Today while we were packing, Papá pulled me aside. He said, "Amada, *m'ija*, I can see how worried you've been. Don't be scared. Everything will be all right."

"But how do you know? What will happen to us?" I said.

He smiled. "M'*ija*, I was born in Arizona, in the States. When I was six—not a big kid like you—my Papá and Mamá moved our family back to Mexico. It was a big change, but we got through it. I know you can, too. You are stronger than you think." I hope he's right. I still need to pack my special rock (and you, Diary!). We leave tomorrow!

Nuestro viaje fue largo y duro. De noche, hacía tanto frío en el desierto que nos tuvimos que acurrucar juntos para mantenernos calientitos. Viajamos a lo largo de la frontera al otro lado de Nuevo México y Arizona. México y los Estados Unidos son dos países distintos, pero a cada lado de la frontera parecen idénticos, cada cual con sus saguaros gigantes que apuntan hacia un cielo rosa y anaranjado y unas nubes enormes. Le pedí un deseo a la primera estrella que brilló. Muy pronto salieron tantas estrellas que no se podían contar. Nuestra casita en Juárez ya parece estar tan lejos.

Our trip was long and hard. At night the desert was so cold we had to huddle together to keep warm. We drove right along the border, across from New Mexico and Arizona. Mexico and the U.S. are two different countries, but they look exactly the same on both sides of the border, with giant saguaros pointing up at the pink-orange sky and enormous clouds. I made a wish on the first star I saw. Soon there were too many stars in the sky to count. Our little house in Juárez already seems so far away.

We arrived in Mexicali late at night and my grandparents Nana and Tata, and all our aunts, uncles and cousins (there must be fifty of them!) welcomed us with a feast of *tamales*, beans, *pan dulce*, and hot chocolate with cinnamon sticks. It's so good to see them all! Everyone gathered around us and told stories late into the night. We played so much that the boys fell asleep before the last blanket was rolled out onto the floor. But, Diary, I can't sleep. I keep thinking about Papá leaving tomorrow.

Llegamos a Mexicali muy tarde en la noche, y mis abuelos Nana y Tata, y todas nuestras tías, nuestros tíos y primos (¡parecían ser más de cincuenta!) nos dieron la bienvenida con un banquete de tamales, frijoles, pan dulce y chocolate caliente con palitos de canela. ¡Qué bueno era verlos a todos! Todos nos rodearon y contaron cuentos hasta muy tarde en la noche. Jugamos tanto que los muchachos se durmieron antes de que se pudiera tender la última cobija en el piso. Pero, Diario mío, yo no puedo dormir. Sólo pienso en que Papá se va mañana.

Papá se fue a Los Ángeles esta mañana.
Nana consolaba a Mamá, diciéndole que como
Papá es ciudadano de los Estados Unidos, no tendrá
problemas en conseguirnos las «tarjetas verdes»
del gobierno de los Estados Unidos. Papá nos dijo que
cada uno de nosotros va a necesitar una tarjeta verde
para vivir en los Estados Unidos porque no nacimos allá.

No puedo creer que Papá se haya ido. El tío Tito sigue
tratando de hacernos reír en vez de llorar. El tío Raúl me
permitió ponerme su medalla especial. Y el tío Chato hasta
me sacó una moneda de plata de la oreja. Mis hermanos
tratan de imitar sus trucos, pero las monedas terminan por
volar por todos lados. A veces me vuelven loca, pero hoy
es bueno reírme con ellos.

Papá left for Los Angeles this morning. Nana comforted Mamá, saying that Papá is a U.S. citizen, so he won't have a problem getting our "green cards" from the U.S. government. Papá told us that we each need a green card to live in the States, because we weren't born there.

I can't believe Papá's gone. Tío Tito keeps trying to make us laugh instead of cry. Tío Raúl let me wear his special *medalla*. And Tío Chato even pulled a silver coin out of my ear. The boys try to copy his tricks but coins just end up flying everywhere. They drive me nuts sometimes, but today it feels good to laugh.

17

¡Hoy recibimos una carta de Papá! La pego en tus páginas, Diario.

Mi querida familia:

He estado pizcando uvas y fresas en los campos de Delano, a 140 millas al norte de Los Ángeles, ahorrando dinero y pensando todo el tiempo en ustedes. Es un trabajo muy duro, que cansa mucho. Aquí en los campos hay un hombre que se llama César Chávez y que habla de uniones, huelgas y boicots. Estas nuevas palabras nos dan la esperanza de mejorar las condiciones de nosotros los que trabajamos en las fincas.

Hasta ahora, ha sido difícil conseguir las tarjetas verdes, pues no somos nosotros la única familia que trata de comenzar una nueva vida aquí. Por favor, tengan paciencia. No pasará mucho tiempo hasta que podamos estar todos juntos otra vez.

Abrazos y besitos, Papá

We got a letter from Papá today! I'm pasting it into your pages, Diary.

My dear family,

I have been picking grapes and strawberries in the fields of Delano, 140 miles north of Los Angeles, saving money and always thinking of you. It is hard, tiring work. There is a man here in the fields named César Chávez, who speaks of unions, strikes, and boycotts. These new words hold the hope of better conditions for us farmworkers.

So far, getting your green cards has been difficult, for we are not the only family trying to start a new life here. Please be patient. It won't be long before we are all together again.

Hugs and kisses, Papá

I miss Papá so much—it feels like he left ages ago. It's been tough to stay hopeful. So far we've had to live in three different houses with some of Mamá's sisters. First, the boys broke Tía Tuca's jewelry box and were so noisy she kicked us out. Then, at Nana's house, they kept trying on Tía Nena's high heels and purses. Even Nana herself got mad when they used her pots and pans to make "music." And they keep trying to read what I've written here, and to hide my special rock. Tía Lupe finally took us in, but where will we go if she decides she's had enough of us?

Extraño mucho a Papá—parece que hace mucho tiempo que se fue. Ha sido muy difícil seguir esperanzada. Hasta ahora hemos tenido que vivir en tres casas distintas, con algunas de las hermanas de Mamá. Primero los muchachos quebraron la cajita que la tía Tuca usaba de joyero e hicieron tanto ruido que ella nos echó de la casa. Luego, en casa de Nana, a cada rato se ponían los zapatos de tacón de la tía Nena y jugaban con sus bolsas. Hasta la misma Nana se enojó cuando usaron sus ollas y sartenes para tocar «música». Y tratan también de leer mi diario y de esconder mi piedrecita especial. Por fin, la tía Lupe nos permitió quedarnos en su casa, pero, ¿adónde nos iremos si ella se cansa de nosotros?

FINALLY! Papá sent our green cards—we're going to cross the border at last! He can't come for us but will meet us in Los Angeles.

The whole family is making a big farewell dinner for us tonight. Even after all the trouble the boys have caused, I think everyone is sad to see us go. Nana even gave me a new journal to write in for when I finish this one. She said, "Never forget who you are and where you are from. Keep your language and culture alive in your diary and in your heart."

We leave this weekend. I'm so excited I can hardly write!

¡**F**INALMENTE! Papá nos ha mandado nuestras tarjetas verdes. ¡Nos vamos al otro lado por fin! Papá no podrá venir a buscarnos, pero nos encontraremos en Los Ángeles.

La familia entera está preparando una gran cena de despedida para nosotros esta noche. A pesar de todos los problemas que mis hermanos les han causado, me parece que todos están tristes al vernos partir. Hasta mi Nana me regaló un nuevo diario para cuando se me termine éste. Ella me dijo:
—Que nunca se te olvide quién eres y de dónde vienes. Mantén siempre vivo en tu corazón y en tu diario tu lenguaje y tu cultura—.

Nos vamos este fin de semana. Estoy tan emocionada que casi no puedo escribir.

My first time writing in the U.S.A.! We're in San Ysidro, California, waiting for the bus to Los Angeles. Crossing the border in Tijuana was crazy. Everyone was pushing and shoving. There were babies crying, and people fighting to be first in line. We held hands the whole way. When we finally got across, Mario had only one shoe on and his hat had fallen off. I counted everyone and I still had five brothers. Whew!

Papá is meeting us at the bus station in Los Angeles. It's been so long—I hope he recognizes us!

¡Es la primera vez que escribo en los Estados Unidos! Estamos en San Ysidro, California, esperando el autobús a Los Ángeles. Eso de cruzar la frontera en Tijuana fue una locura. Un gran gentío nos empujaba de aquí para allá. Había niños llorando y la gente peleaba por ser los primeros en la fila. Nosotros nos tomamos de la mano y así estuvimos todo el camino. Cuando por fin cruzamos, a Mario sólo le quedaba puesto un zapato y se le había caído el gorrito. Yo conté a mis hermanitos y todavía tenía a los cinco. ¡Qué alivio!

Nos encontraremos con Papá en la estación de autobuses de Los Ángeles. Ha pasado tanto tiempo—¡espero que nos reconozca!

¡Qué camino tan largo! Cuando los oficiales de inmigración de la patrulla fronteriza les revisaron los papeles a todos en el autobús, sacaron a una mujer y a sus hijos. Mamá apretó a Mario y se puso las tarjetas verdes junto al corazón.

Papá estaba esperándonos en la estación, así como lo había prometido. A carcajadas, todos brincamos a sus brazos y Mamá hasta lloró un poquito. Los abrazos de Papá se sentían mucho mejor ahora que cuando nos tuvo que dejar en Mexicali.

What a long ride! One woman and her children got kicked off the bus when the immigration patrol boarded to check everyone's papers. Mamá held Mario and our green cards close to her heart.

Papá was waiting at the station, just like he promised. We all jumped into his arms and laughed, and Mamá even cried a little. Papá's hugs felt so much better than when he left us in Mexicali!

Hoy le escribí a Michi.

Querida Michi:

¡Tengo historias que contarte! ¡Papá encontró empleo en una fábrica, y estamos viviendo en una casa vieja que cruje, en El Monte al este de Los Ángeles. No es para nada como Juárez. Ayer todo comenzó a temblar y se escuchó un tremendo trueno alrededor de nosotros—¡eran aviones que volaban justo sobre nuestras cabezas! A veces los trenes de carga que pasan frente a nuestra casa retumban como pequeños terremotos.

Todos los días agarro mi piedrecita especial y pienso en nuestro hogar—mi México—y en nuestros paseos al parque. Papá dice que quizás en uno o dos años podamos volver para los días de fiesta. Hasta entonces, ¡escríbeme!

Te extraña,
Amada Irma

I wrote to Michi today:

Dear Michi,

I *have* stories for you! Papá found a job in a factory, and we're living in a creaky old house in El Monte, east of Los Angeles. It's not at all like Juárez. Yesterday everything started shaking and a huge roar was all around us—airplanes, right overhead! Sometimes freight trains rumble past our house like little earthquakes.

Every day I hold my special rock and I think about home—Mexico— and our walks to the park. Papá says we might go back for the holidays in a year or two. Until then, write me!

Missing you,
Amada Irma

Well, Diary, I finally found a place where I can sit and think and write. It may not be the little park in Juárez, but it's pretty. You know, just because I'm far away from Juárez and Michi and my family in Mexicali, it doesn't mean they're not here with me. They're inside my little rock; they're here in your pages and in the language that I speak; and they're in my memories and my heart. Papá was right. I AM stronger than I think—in Mexico, in the States, anywhere.

P. S. I've almost filled this whole journal and can't wait to start my new one. Maybe someday I'll even write a book about our journey!

Bueno, Diario, por fin encontré un lugar donde puedo sentarme a pensar y a escribir. Aunque no sea como el parquecito en Juárez, es bonito. ¿Sabes, Diario?, no más porque estamos tan lejos de Juárez, de Michi y de mi familia de Mexicali, no quiere decir que ellos no estén aquí conmigo. Están dentro de mi piedrecita, aquí en tus páginas y en el idioma que hablo. También están en mis recuerdos y en mi corazón. Papá tenía razón. Soy más fuerte de lo que creí — en México, en los Estados Unidos, y en todas partes.

P. D. Ya casi he llenado todo este diario y casi no puedo esperar a comenzar el nuevo. ¡Quizás algún día, cuando sea grande, escribiré la historia de nuestro viaje!

When I was only five years old, my family left Mexico for the United States. That time—when we left Juárez behind, stayed with my Nana in Mexicali, waited breathlessly for my father's letters—was exciting, but also painful. I didn't know then that I, like so many other economic and political refugees, could survive in a completely new place.

As a teacher, I have heard many amazing stories from my students about their own journeys from one homeland to another. Some of my former students have devoted their lives to helping new immigrants who have also had to leave the comfort of home and country. They, like me, believe that we strengthen each other by telling these stories. With the love of our families and by writing in our diaries, we find the strength to thrive in our new home. Through our words, we keep our memories and culture alive, in our diaries and in our hearts. —Amada Irma Pérez

ABOVE:
Sitting on Tata and Nana's porch in Mexicali, in 1954. Clockwise from left to right are: the author's brother Raúl, cousin Belia, cousin Lulú Armenta, brother Sergio, cousin Blanca Estela, the author, and cousin Maria Luisa.

RIGHT: *Amada Irma's school photograph from the fourth grade.*

To my mother, Consuelo Hernández, who was my first teacher and has so lovingly translated my books. To my husband, Arturo Pérez, for his unending support, understanding, patience, and love. To my very best friends who continue to enrich my life with companionship and new, wonderful experiences. To Maya and Dana for their many hours of work and dedication and for believing that my immigrant story is one that needed to be told. —AIP

Always for you, Wendi. —MCG

Amada Irma Pérez is a bilingual teacher and leading advocate of programs encouraging multicultural understanding. This book is based on her own family's journey from Mexico to the United States. She lives in Ventura, California, where she still keeps a journal and stays in touch with family and friends in Mexico. This is her second book for Children's Book Press.

Maya Christina Gonzalez is an award-winning artist renowned for her vivid imagery of strong women and girls, as well as her extraordinary use of color. This is her seventh book for Children's Book Press. Maya also leads art workshops as a mentor artist in the Children's Book Press outreach program, LitLinks. She lives and plays in San Francisco, California.

Story copyright © 2002 by Amada Irma Pérez
Illustrations copyright © 2002 by Maya Christina Gonzalez

Publisher & Executive Director: Lorraine García-Nakata
Editor: Dana Goldberg
Consulting Editor: Ina Cumpiano
Spanish Translation: Consuelo Hernández
Design & Production: Cathleen O'Brien
Special thanks to Harriet Rohmer, Laura Chastain, Max Ehrsam, and Ana Pavón, and the staff of Children's Book Press.

Library of Congress Cataloging-in-Publication Data
Pérez, Amada Irma
    My diary from here to there / story, Amada Irma Pérez; illustrations, Maya Christina Gonzalez = Mi diario de aquí hasta allá / cuento, Amada Irma Pérez; illustraciones, Maya Christina Gonzalez.
    p. cm.
Summary: A young girl describes her feelings when her family decides to leave their home in Mexico to look for work in the United States.
    ISBN 978-0-89239-230-8 (paperback)
    [1. Mexican Americans—Juvenile fiction. [1. Mexican Americans—Fiction.
2. Emigration and immigration—Fiction. 3. Family life—Fiction.
4. Diaries—Fiction. 5. Spanish language materials—Bilingual.]
I. Title: Mi diario de aquí hasta allá. II. Gonzalez, Maya Christina, ill. III. Title.
PZ73 .P4654 2002   [Fic]—dc21   2001058251

Printed in Hong Kong through Marwin Productions
10   9   8   7   6   5   4   3   2   1

Distributed to the book trade by Publishers Group West.
Quantity discounts are available through the publisher for nonprofit use.

Children's Book Press is a 501(c)(3) nonprofit organization (Fed Tax ID # 94-2298885). Our work is made possible in part by: AT&T Foundation, John Crew and Sheila Gadsden, The San Francisco Foundation, The San Francisco Arts Commission, Horizons Foundation, National Endowment for the Arts, Carlota del Portillo, Union Bank of California, Children's Book Press Board of Directors, Elizabeth Ports, and the Greater Houston Community Foundation. Original printing of this book was supported in part by the California Arts Council. To make a contribution or receive a catalog, write to Children's Book Press, 965 Mission Street, Suite 425, San Francisco, CA, 94103, or visit our website: www.childrensbookpress.org